LE CARNAVAL

ET LES

CAUSES GRASSES

AU PARLEMENT

PAR

H. MOULIN

PARIS. CHARAVAY FRÈRES, ÉDITEURS

4, Rue de Furstenberg

1885

LE CARNAVAL

ET LES

CAUSES GRASSES

AU PARLEMENT

LE CARNAVAL

ET LES

CAUSES GRASSES

AU PARLEMENT

PAR

H. MOULIN

PARIS. CHARAVAY FRÈRES, ÉDITEURS

4, Rue de Furstenberg

1885

LE CARNAVAL

ET LES

CAUSES GRASSES

AU PARLEMENT

DERNIER PROCÈS POUR IMPUISSANCE
ET ABOLITION DU CONGRÈS

(1659-1677)

Il était autrefois dans les usages et les traditions du Parlement de s'associer aux joies du carnaval par la plaidoirie d'une cause grasse (1).

Le jour où elle venait à l'audience était un jour de liesse et de licence pour le Palais. Ce jour-là, la gravité ordinaire des parlementaires se déridait ; la barre de la Chambre de Saint-Louis avait toute liberté de paroles, les avocats ne reculaient devant aucune crudité de langage, et l'auditoire, toujours nombreux, riait et battait des mains à toutes les plaisanteries de mauvais goût, à tous les mots à double entente, à toutes les équivoques grossières qui arrivaient à son adresse.

---

(1) « Chaque année, le jeudi de la dernière semaine du carnaval, on plaidait à l'audience de la Basoche une cause nommée *cause grasse*, parce que la matière en était burlesque ou scandaleuse ». — Dulaure, *Histoire de Paris.*

Les premiers avocats de leur temps payaient leur tribut à la coutume.

Claude Expilly, célèbre avocat du Parlement de Paris, et mort président de celui de Grenoble, plaida sa cause grasse au seizième siècle. Il s'en excuse presque dans le recueil imprimé de ses plaidoiries, et s'efforce de prouver, avec l'autorité de Pythagore et d'Aristote, de Socrate et de Platon « que l'on peut plaider de telles causes, et même se permettre certaines jovialités peu compatibles avec la dignité des magistrats (1).

Anne Robert, l'une des victimes de la Saint-Barthélemy, que Larocheflavin appelle « éloquent avocat », eut aussi sa cause grasse, cause de congrès, à la fin du même siècle.

La pudeur de notre ancien bâtonnier, l'honnête et bon Gaudry, s'effarouche à la lecture du plaidoyer d'Anne Robert, et ne saurait s'empêcher de gourmander vertement l'avocat. « On ne peut rien imaginer, dit-il, de plus grossier sous forme prétendue légère ; nous nous demandons comment un avocat a osé dire, et comment le Parlement a osé entendre de telles choses »(2)!

Comment ?... Parce que l'usage du temps le permettait ainsi, répondrions-nous au pudibond bâtonnier ; parce que le théâtre à la même époque, et la chaire elle-même n'étaient pas plus réservés dans leur langage que le barreau, et cela est si vrai que la plaidoirie imprimée d'Anne Robert, contre laquelle il fulmine, fut dédiée au Premier Président Achille de Harlay, qui en accepta l'hommage.

Autres temps, autres mœurs. Aujourd'hui, parmi nos maîtres, ni Allou, ni Bétolaud, ni Rousse, ni Barboux, ne voudraient prêter leur talent au développement d'une cause grasse, dans les mêmes termes que l'ancien barreau. Ils diraient peut-être

(1) Gaudry, *Histoire du Barreau de Paris.*
Claude Expilly, successivement avocat, avocat général et Président, fut orateur, jurisconsulte, historien et poète.
Ses *Œuvres*, contenant ses plaidoyers et ses arrêtés, ont été imprimées à Lyon, in-4°, 1636-1657-1663.
(2) Les plaidoyers de Anne Robert ont été réunis à ceux de L. Servin, Arnauld et autres avocats, et imprimés à Paris, in-12, — in-4°, — in-f°, 1625, 1631, 1640, et à Rouen, in-4°, 1629.
Gaudry, *Histoire du Barreau de Paris.*

les mêmes choses que leurs confrères du seizième et du dix-septième siècle, mais ils les diraient autrement, avec les euphémismes, les raffinements et les hypocrisies de langage de notre siècle, qui ne vaut pas mieux, s'il ne vaut moins, que ceux qui l'ont précédé.

MM. Allou, Bétolaud, Rousse et Barboux trouveraient encore à la tête de la Cour de Paris un autre Achille de Harlay du dix-neuvième siècle, qui agréerait la dédicace de leurs plaidoyers de causes grasses. M. le P. P. Larombière, le savant auteur du Traité des *Obligations*, l'heureux et parfois hardi traducteur de *Lucrèce*, ne serait pas d'une vertu plus sévère ni d'un rigorisme plus austère que le Premier Président du Parlement de 1582 (1).

J'ai voulu rappeler pour une fois, de notre temps, les habitudes de l'ancien Parlement, et ménager au journal *Le Droit,* en l'année 1881, sa cause grasse : ce sera un *Procès de congrès,* et *le dernier plaidé, pour impuissance.*

Que les lecteurs du journal ne s'effarouchent pas, qu'ils lisent sans crainte ; je ne suis pas de l'école naturaliste ; je n'ai pas oublié les recommandations du classique Boileau ; je sais, avec lui, et avec la loi des convenances,

« Que le lecteur français veut être respecté, »

et si la cause que je rapporte est une cause grasse, elle ne le sera point par les mots, mais seulement par sa nature.

---

(1) Lorsque ces lignes furent écrites, M. Larombière, aujourd'hui Président de la Chambre civile de la Cour de Cassation, était P. Président de la Cour de Paris.

Achille de Harlay, l'un des plus doctes et des plus intègres magistrats de son temps, fut nommé P. Président du Parlement de Paris, en 1582, succédant à son beau-père, Christophe de Thou.

C'est lui qui répondit aux menaces des Ligueurs : « Mon âme est à Dieu, mon cœur au Roi, quoique mon corps soit au pouvoir des méchants. »

I

Le congrès est un mot dès longtemps effacé de nos mœurs judiciaires, mais dont les anciennes juridictions civiles, et surtout ecclésiastiques, ont fait un usage porté jusqu'à l'abus.

Dans toutes les demandes en nullité de mariage pour cause d'impuissance, il était rare que le juge saisi n'ordonnât pas l'épreuve du congrès. C'était une sorte d'avant-faire droit, comme aujourd'hui, en matière de séparation de corps, l'admission à la preuve des faits articulés dans la requête.

Le congrès était donc une épreuve, préalable à la sentence sur le fond, qui avait pour but de constater la virilité ou l'impuissance du mari.

Toutes les fois que des deux parties au procès l'une affirmait l'impuissance, et que l'autre la niait, il était du devoir du juge de chercher la vérité, et de la découvrir sous les affirmations du demandeur et les dénégations du défendeur. Or, la législation de l'époque offrait à sa sagacité quatre modes de preuves.

C'était d'abord la comparution des parties devant le magistrat, qui avait mission de les interroger sur les faits secrets et respectifs.

C'était ensuite l'affirmation de sept témoins, parents ou voisins, jurant, avec la femme, que le mariage n'avait point été consommé. Ce second mode de preuve était appelé par le droit canon *septima manus propinquorum*.

Venait ensuite la prescription de la visite à laquelle étaient soumises même les religieuses accusées d'avoir violé leur vœu de chasteté, mais dont les Romains, plus pieux que nous, avaient exempté leurs vestales.

Enfin l'épreuve du congrès. On la croyait décisive. « On s'imaginait prendre la nature sur le fait et l'on ne voyait pas que, dans ce genre, la nature ne fait rien dès qu'on la regarde faire » (1).

Une fois ordonnée, l'épreuve avait lieu avec certaines formalités, à l'audience ou hors de l'audience, par devant Messieurs, assistés d'hommes de l'art, médecins, chirurgiens et matrones, et appelés à juger *de visu*. Procès-verbal était dressé du résultat, et le plus habituellement la demande de la femme était accueillie ou rejetée, suivant que le mari était sorti de l'épreuve vaincu ou triomphant.

Et cependant une pareille épreuve était loin d'offrir à la conscience du juge une certitude ! Mais l'usage, ce tyran des mœurs et des institutions, l'avait depuis si longtemps prise sous sa protection, qu'on l'acceptait, même sans l'approuver.

Certains écrivains la faisaient remonter à 752, et croyaient en trouver l'origine dans un Capitulaire de Pépin, portant que l'impuissance du mari était une cause de divorce, et que l'épreuve de cette impuissance devait se faire au pied de la croix.

Nous doutons fort que le Capitulaire de 752 ait jamais songé à l'établissement du congrès, et nous croyons bien plutôt, avec le savant auteur du *Répertoire*, que « cette épreuve, dont on ne trouve aucune trace ni dans le droit civil, ni dans le droit canonique, n'a été introduite dans les Officialités de France que vers le milieu du seizième siècle. »

On en attribue assez généralement l'origine au cynisme d'un mari jeune et vigoureux, mais despote et brutal, qui, accusé par sa femme de tyrannie sous prétexte d'impuissance, et voulant se défendre contre une demande en nullité de mariage, offrit de faire ses preuves de virilité, en présence de chirurgiens et de matrones.

Cette offre, peut-être à cause de l'apparence de certitude qu'elle semblait présenter, peut-être même à cause de sa nouveauté, fut imprudemment acceptée par l'official devant lequel plaidaient les parties.

L'exemple fut suivi par les autres officiaux, puis approuvé

(1) Garat. *Répertoire de Jurisprudence.*

par les Parlements, et il finit par passer en pratique dans toutes les juridictions. Mais n'est-il pas au moins étrange que ce soit devant les Tribunaux ecclésiastiques que le congrès ait pris naissance ?...

II

Dans la discussion, qui n'était pas, quant aux faits, exempte d'obscénités, les avocats invoquaient en droit l'édit du préteur : *De ventre inspiciendo,* et la décrétale : *De frigidis et maleficiatis,* les noms d'Ant. Hotman, de Rouillart, d'Anne Robert, de V. Tagereau, d'Hostiensis, d'Andréas, de Peleus, etc., etc.

Si le congrès avait ses partisans, il avait aussi d'ardents adversaires. La voix de plus d'un magistrat, de plus d'un moraliste, de plus d'un écrivain s'était élevée pour le combattre et pour demander sa suppression. Les uns signalaient les indécences et les scandales, les autres, les incertitudes et les contradictions qui en étaient le cortège obligé : ceux-ci l'attaquaient par l'inégalité des chances qu'il présentait aux parties, chances désavantageuses aux plaideurs honnêtes, timides et pudibonds, chances favorables aux plaideurs libertins, audacieux et effrontés : ceux-là, par la bizarrerie et l'inconciliabilité des décisions obtenues de l'aveuglement du juge.

Ainsi, c'était un mari qui, séparé pour impuissance d'une première femme, en épousait une seconde, et en avait une nombreuse lignée d'enfants. C'en était un autre qui, déclaré par arrêt impuissant et incapable de contracter mariage, était, quelques mois après, condamné par un autre arrêt, comme trop puissant apparemment, pour avoir rendu mère sa servante.

Le congrès avait vécu un siècle ; mais, vers 1630, il était battu en brèche de tous côtés.

Un membre de l'Académie, un diplomate, F. de Callières,

n'en voulait plus dans la langue pour signifier une conférence d'ambassadeurs. « Il faut, disait-il, être barbare dans son propre pays, pour se servir de ce sale mot. »

Un autre académicien, le satyrique de son temps, l'austère Boileau, avait écrit :

> Jamais la biche, en rut, n'a pour fait d'impuissance,
> Traîné du fond des bois un cerf à l'audience ;
> Et jamais juge entr'eux, ordonnant le congrès,
> De ce burlesque mot n'a sali ses arrêts.

Voltaire écrivait, avant la suppression :

« Il est triste et honteux pour nos tribunaux d'être réduits à éluder ce que sans doute ils voudraient abolir ; mais on trouve la superstition en possession de la maison, on n'ose pas l'en chasser tout d'un coup, et on se contente d'y loger avec elle. »

Et après :

Enfin, « la France était le seul pays où l'on eût admis le congrès. Les juges en ont enfin rougi... »

Du jour que la rougeur montait au front du juge qui l'ordonnait, il ne pouvait plus avoir une longue vie dans la pratique. Pour l'en bannir, il ne manquait que l'occasion ; elle s'offrit d'elle même dans le célèbre procès du marquis de Langey.

III

Le sieur René de Cordouan, chevalier, marquis de Langey, avait vingt-cinq ans quand, en avril 1653, il avait épousé Marie de Saint-Simon de Courtaumer, âgée de quatorze ans environ.

Quatre ou cinq ans s'écoulèrent depuis cette union, qui ne furent obscurcis par aucun nuage. Le marquis ne quitta sa jeune femme que pour une campagne, pendant laquelle une correspondance des plus affectueuses vint consoler les deux époux d'un éloignement forcé.

A son retour de l'armée, il retrouva à son foyer toutes les tendresses de sa femme; rien n'eût manqué à leur bonheur si un enfant leur était né...

Une affaire d'intérêt ayant appelé la marquise à Paris, elle semblait ne pouvoir se résigner à ce voyage. Si elle l'entreprenait, c'était à regret, et pour quelques semaines à peine, affligée de quitter son mari et impatiente de le revoir.

Or, quel ne fut pas l'étonnement du marquis, lorsqu'à huit ou dix jours de là, il reçut la signification d'une demande en nullité de son mariage, basée sur une allégation d'impuissance?

Quel motif dirigeait la marquise, qui n'était pas encore majeure? Était-ce inconstance de sa part, chagrin de ne pas être mère, passion pour un autre que son mari, qui se révéla par un second mariage ; était-ce en réalité impuissance chez le marquis?

L'action fut portée, non devant l'official, les parties étant de la religion protestante, mais devant le lieutenant civil du Châtelet, qui, en présence des affirmations contradictoires des deux époux, ordonna par une première sentence une visite et une expertise.

L'une et l'autre furent favorables au mari. Le rapport des experts constata « qu'il était tel qu'il devait être pour pouvoir contracter mariage, et que l'état de la femme annonçait que ce mariage avait été consommé. »

Ce rapport semblait devoir trancher le procès, mais il fut vivement attaqué par la marquise, non moins vivement défendu par le marquis, qui, néanmoins, trop confiant dans ses forces, eut l'imprudence d'en appeler, comme moyen décisif, à l'épreuve du congrès. L'habileté de son adversaire le prit au mot; elle fut ordonnée par une seconde sentence, que confirma un arrêt du Parlement.

Restait l'exécution.

IV

Le jury d'expertise, composé de cinq médecins, de cinq chirurgiens et de cinq matrones, les juges commis et les parties se réunissent dans l'établissement de l'étuviste Turpin. Là, après l'observation des formalités légales, le mari et la femme entrent dans le bain qui leur a été préparé, et se réconfortent par un bouillon ou un verre de vin chaud. Ne croirait-on pas voir deux lutteurs d'autrefois, se faisant frotter d'huile, pour assouplir leur corps, et se préparant à la lutte ?

Au sortir du bain, le marquis et la marquise déclarent qu'ils sont prêts à obéir à la décision rendue, appelant à leur aide, l'un, pour triompher dans l'épreuve, toute sa résolution, l'autre, pour la faire échouer, toute les ressources de l'astuce féminine.

Le marquis s'épuise en efforts inutiles; « il sue à changer deux fois de chemises, » et ne peut faire preuve de virilité. La marquise, il est vrai, n'a rien négligé pour amener ce résultat, ayant successivement recours à la ruse et à la force, « se servant de ses pieds, de ses dents et de ses ongles » (1).

Pendant tout le temps que dura l'épreuve, l'une des matrones dont Tallemant des Réaux nous a conservé le nom, Mme Pézé, vieille de quatre-vingts ans, experte en ces sortes de matières, allait et venait de la chambre des époux à celle du jury, épiant les chances de la lutte, et revenant vers les experts, en branlant la tête, et disant : « *Vraiment, c'est grand'pitié, il ne nature point.* »

L'heure fixée pour l'épreuve étant écoulée, le marquis et la

____

(1) C'est Jean Rou, avocat, qui raconte cette scène. « La marquise, dit-il, sauta au collet de son mari, lorsqu'il la pensait seulement embrasser tendrement, et se débattit contre lui avec une telle rage, que toutes les bacchantes des anciennes orgies, les Euménides d'Oreste et les Thraciennes d'Orphée, n'auraient été auprès d'elle que de simples novices en fait d'emportement et de fureur. » Jean Rou. *Mémoires* et *Feuille supplémentaire*.

marquise sortirent du lit, l'une triomphante, l'autre honteux et vaincu.

La mésaventure de M. de Langey, qu'on n'appela plus que « le Marquis du congrès, » fut bientôt connue de tout Paris, qui depuis plus de six mois ne s'entretenait que du procès. La curiosité était tellement surexcitée, que non loin de l'établissement de Turpin, au faubourg Saint-Antoine, avait stationné durant toute l'épreuve, un carrosse, dans lequel étaient Mmes de Lavardin et de Sévigné, qui voulaient être instruites de première main du résultat.

Quelques jours auparavant, Mme de Sévigné, que n'effrayaient ni une anecdote grivoise, ni une expression gaillarde, avait dit au marquis : « *Tenez-vous bien, mon cher, et songez que votre procès est dans vos chausses* » (1).

« Le lendemain, qui était la scène de septembre à Charenton, raconte Tallemant, on ne fit que parler de l'aventure de Langey ; jamais on ne dit tant d'ordures le jour du mardi-gras ».

Mme de Francquetot de Carcabu, le rencontrant un jour au Cours, à quelque temps de là, de bonne mine et bien fait, comme il l'était, dit avec un soupir aux amies qui l'entouraient : « *Hélas, à qui se fier désormais !* »

Le marquis cependant ne se donnait pas pour battu. Oubliant presque son échec et l'avertissement du docteur Lemonon, médecin du duc de Longueville, et son ami, qui, voulant dès l'origine

---

(1) Tallemant des Réaux, *Historiettes*.

« Bien loin d'être prude, Mme de Sévigné a mérité le reproche d'avoir été un peu trop libre dans ses expressions. On citait d'elle plus d'une répartie aussi grivoise que spirituelle.

« Elle ne peut, dit Tallemant, se tenir de dire ce qu'elle croit joli, quoique assez souvent ce soient des choses un peu gaillardes ; même elle en affecte, et trouve moyen de les faire venir à propos.

« Le besoin de gaieté qu'éprouvait cette femme spirituelle la rendait très libre dans ses propos, et son imagination n'était pas aussi chaste que sa raison et sa conscience. »

Les premiers éditeurs des *Lettres* ont été obligés de changer certaines expressions et d'adoucir certains passages, et M. de Montmerqué lui-même, l'éditeur des *Historiettes*, et l'amoureux de Mme de Sévigné, n'a pas osé rétablir dans son édition les passages supprimés ou altérés, et il a accepté les corrections des éditeurs qui l'avaient précédé. — Walckenaer, *Mémoires sur Mme de Sévigné*.

Jean Rou, *Feuille supplémentaire aux Mémoires*.

le dissuader de la demande du congrès, lui avait dit crûment :
« *Songez que, pour réussir dans pareille tentative, il faut être
cheval ou chien ;* » le marquis luttait et résistait. Mais vainement
s'en prend-il de sa défaite à un sentiment de honte qu'il n'a pu
maîtriser ; vainement accuse-t-il les ruses de la marquise et la
complicité du baigneur qui lui a servi un breuvage débilitant ;
vainement crie-t-il au maléfice et réclame-t-il une seconde
épreuve.

La première paraît suffisante aux magistrats, et, le 16 février 1659,
le Parlement rend un arrêt qui déclare le mariage nul ; condamne
le marquis de Langey à rendre la dot et tous les fruits depuis la
célébration ; lui fait défense de contracter aucun mariage et permet
à la demoiselle de Saint-Simon de Courtaumer de se marier.

Celle-ci usa de la permission. Elle épousa M. de Caumont, marquis de Boësse, et en eut trois filles.

De son côté, le marquis de Langey, ne voulant pas vivre céli-
bataire, tenta, par voie de requête civile, de faire effacer de
l'arrêt de la cour la prohibition de se remarier, et à cette tentative
le Chancelier répondit plaisamment : « *A-t-il donc retrouvé de
nouvelles pièces ?* » Quoi qu'il en soit, avec ou sans l'autorisation
de la justice, il se remaria, épousa noble demoiselle Diane de
Montault de Navailles, et cet impuissant par arrêt en eut sept
enfants (1).

N'était-ce pas là une victorieuse protestation personnelle contre
la sentence de 1659, et un puissant argument contre la certitude
de l'épreuve du congrès ?

---

(1) « J'ai vu Langey à Charenton faire baptiser son second enfant ; car il a fils et
fille ; jamais homme ne fut si aise, il triomphait.....

« Il se vantait sans cesse de ses enfants. Un jour qu'il les lui montrait, Benserade
lui dit : « Moi, Monsieur, je n'ai jamais douté que Mlle de Navailles ne fût capable
d'engendrer. » Tallemant. *Historiettes.*

Réponse spirituelle peut-être, mais d'un médisant assurément ; la conduite de
Mlle de Navailles et sa réputation méritée de vertu ne permettant pas de douter de la
paternité du marquis de Langey.

V

Malgré des réserves, l'arrêt de 1659 fut exécuté en ce qu
touchait les personnes, et aussi, en partie, sur les intérêts civils.
Cependant la discussion sur ces intérêts s'était prolongée et du-
rait encore quand mourut la marquise de Langey de Boësse,
laissant un testament avec cette clause :

« Veut, la testatrice, que l'on termine par *accommodement* le procès
indécis en la troisième chambre des enquêtes entre elle et messire
René de Cordouan, marquis de Langey ; qu'on le règle par l'avis seul
du sieur Caillard, avocat au Parlement, *auquel elle a déclaré ses volontés,
qu'elle veut et entend être suivies et exécutées de point en point, sans qu'on
y puisse contrevenir sous quelque prétexte que ce soit.* »

Quel était cet accommodement par lequel la marquise de
Boësse voulait finir le procès existant encore entre elle et
son premier mari? Quelles étaient ces volontés formelles dont
elle avait prescrit l'exécution textuelle? Quel était le secret de
cette clause testamentaire, confié à son conseil, Mᵉ Caillard,
et que sa conscience lui avait peut-être dictée, à l'approche de
la mort, en expiation d'une victoire frauduleusement obtenue?
Mᵉ Caillard seul pouvait le dire, mais il mourut lui-même avant
d'avoir rempli la mission qu'il tenait de la testatrice, et sans en
avoir révélé l'objet et l'étendue.

Que faire alors?

Le marquis de Langey n'hésite pas. Il attaque par voie de
requête civile l'arrêt de 1659, qui avait annulé son mariage, et
six arrêts postérieurs, en exécution du premier, sur les intérêts
civils, et la reddition des comptes.

Toutes les parties, par elles ou leurs représentants, se retrouvent
à la barre de la grand'chambre du Parlement.

Le marquis de Langey, sa seconde femme, Diane de Montault, les enfants de leur mariage, auxquels un curateur a été nommé, sont assistés de Mes Pageau et Blondeau ; le marquis de Boësse, et le curateur donné à ses trois filles, de Me Chardon et de Me Nouet, que Daguesseau appelait « un sage et savant avocat ».

Pageau partageait avec Fourcroy la première place au barreau du Parlement, et tous les grands procès qui y furent portés de 1650 à la fin du siècle.

Pocquet de Livonière donnait la première place à Fourcroy, en ajoutant :

« Personne ne refuse la seconde à M. Pageau, et plusieurs lui donnent la première. Il a une éloquence naturelle qui plaît d'autant plus qu'il y paraît moins d'art, une facilité merveilleuse pour tourner bien un fait, et une heureuse abondance de paroles et de raisons, dont la douceur et la force charment et enlèvent l'auditeur » (1).

Chardon et Nouet, assez occupés, venaient cependant assez loin de Fourcroy et de Pageau.

De Chardon, Pocquet de Livonière disait :

« Il est huguenot, mais honnête homme. Il a le jugement solide, le « sens bon, l'esprit net ; il plaide clairement et avec assez de force, va « droit au but, écarte avec discernement tout ce qui pourrait faire de « l'embarras, et met ses causes dans tout leur jour. »

De Nouet :

« Il se renferme dans sa matière, et il cherche à enseigner plutôt qu'à divertir l'auditeur. Il est savant dans le droit romain et coutumier, cependant on l'a comme relégué dans les matières ecclésiastiques et bénéficiales. Il les entend parfaitement et peut passer pour un fort bon décisionnaire. Il plaide nettement et solidement, mais non pas agréable-

(1) Pocquet de Livonière. — *Sentiments de Cléante sur quelques-uns des plus fameux avocats plaidant au Barreau du Parlement de Paris.* Manuscrit de 10 pages in-4° que nous croyons inédit, au moins pour une partie.
Claude Pocquet de Livonière, 1652-1726, était Conseiller au Présidial d'Angers. Nous avons de lui : *Recueil des commentaires sur la coutume d'Anjou,* 1725, 2 vol. in-f° ; — *Traité des Fiefs,* 1729, in-4° ; — *Règles du droit français,* 1730, in-12 ; — *Dissertation sur l'ancienneté de l'Université d'Angers,* 1736, in-4°.

ment..... et l'accent de sa province, qu'il a retenu tout entier, rend sa prononciation désagréable. »

Cette appréciation, de Pocquet de Livonière, du talent des avocats engagés dans le procès Langey, peut nous donner une idée de ce que furent les débats.

Douze audiences furent remplies par les plaidoiries, et consacrées à l'examen des nombreuses questions de fait et de droit que soulevait le procès.

La grand'chambre était présidée par le Premier Président lui-même, Guillaume de Lamoignon, l'auteur des *Arrêtés* (1).

C'était un grand magistrat, celui auquel Louis XIV disait, en lui apprenant sa nomination : « Si j'avais connu un plus homme de bien, et un plus digne sujet que vous, je vous l'aurais préféré », et dont il avait dit antérieurement, quand le Président n'était encore que maître des requêtes : « Je ne comprends bien que les affaires rapportées par M. de Lamoignon. »

C'était toujours le même magistrat qui, nommé président de la chambre de justice devant laquelle comparaissait Foucquet, et sondé par Colbert, l'ennemi et le dénonciateur du surintendant, sur son opinion, lui répondit noblement : « Un juge ne dit son avis qu'une fois, et sur les fleurs de lys ; » et à Foucquet, brouillé avec lui, qui lui faisait exprimer ses remerciements de cette conduite, et ses excuses pour les torts qu'il se reprochait vis-à-vis de lui : « Je me souviens seulement que M. Foucquet fut mon ami, et que je suis son juge » (2).

Au parquet, siégeait comme avocat général, succédant à Bignon, le fils aîné du Premier Président, Chrétien-François de Lamoignon, l'ami de Bourdaloue, de Regnard, de Racine et de

---

(1) *Les Arrêtés*, ouvrage très estimé du Premier Président Guillaume de Lamoignon, ne parurent qu'après la mort de leur auteur. La première édition est de **1702**, in-4° ; la deuxième de **1781**. J'ai dans ma bibliothèque l'exemplaire, aux armes de la famille, qui a appartenu à Chrétien-François de Lamoignon, l'avocat général, fils du Premier Président.

(2) Voyant l'acharnement avec lequel Foucquet était poursuivi, G. de Lamoignon résigna la présidence de la Commission qui devait juger le surintendant. A quelques amis qui lui reprochaient cette retraite : « *Lavavi manus meas*, répondit-il, *quomodo inquinabo eas ?* »

Boileau, auxquels il donnait l'hospitalité à Basville, celui-là auquel cette même année 1677 le satirique adressait sa VI° épître, ce « cher Lamoignon » auquel il disait :

« Et Thémis, pour voir clair, a besoin de tes yeux. »

L'avocat du marquis de Langey, M° Pageau, dont ma collection d'autographes conserve la plaidoirie manuscrite, corrigée de sa main, *et jusqu'ici inédite*, commençait en ces termes :

« Messieurs,

« Dans une cause dont l'espèce est, si singulière, je me sens obligé de dire d'abord que tout le monde n'en connaît peut-être pas le véritable caractère. Il ne s'y trouvera que des sujets d'étonnement et d'indignation, que des crimes énormes et des malheurs déplorables, une fausse accusation qui a réussi, un homme d'honneur et de qualité qui s'est vu la fable et la risée publique, un innocent qui a passé pour un trompeur et pour un perfide, et qui, après avoir souffert la plus sensible de toutes les injures, est encore accablé par des condamnations immenses. »

M° Pageau entre ensuite dans l'exposé des faits assez longs, et parfois quelque peu obscurs du procès; puis, arrivant à la discussion, il s'élève tout d'abord contre la proposition du congrès témérairement faite par son propre client, qu'il blâme sévèrement. Mais pourquoi, se demande-t-il, s'est il exposé à cette expérience ?

« Parce qu'il a eu trop de confiance, parce qu'il a compté sur des forces qu'il avait expérimentées pendant quatre ans, sans considérer que c'étaient les forces d'un homme, gouvernées par une âme raisonnable, selon les différents mouvements dont elle peut être agitée, et non les forces d'une bête dont la nature seule dispose, comme il en faudrait pour réussir dans un ridicule combat. Il n'a point fait de différence entre la tranquillité du mariage et les troubles d'un fâcheux procès; entre l'amour d'une femme et sa fureur; entre ses caresses et ses outrages; entre la liberté de tout ce qui se fait naturellement et la nécessité d'obéir précisément à un arrêt; entre ce qui est volontaire et ce qui est forcé; entre une action dont le secret couvre la honte, et la même action publique, dont seize personnes devront être les témoins; en un mot, entre l'honnêteté du mariage et l'infamie du congrès. »

L'expérience s'était faite devant cinq médecins, cinq chirurgiens, cinq matrones et un baigneur étuviste, dont l'établissement avait été choisi. Il s'attache à démontrer que le congrès, épreuve fausse et trompeuse, n'a aucun fondement, ni dans l'autorité des lois, ni dans l'opinion des docteurs, ni dans l'approbation des personnes raisonnables.

Il supplie la Cour de profiter de la circonstance favorable que lui offre ce procès pour abolir l'épreuve du congrès.

« Voilà, dit-il, les effets de ce bel éclaircissement ; on le condamne, on en reconnaît le peu de fruit, on l'abhorre, et cependant on le laisse s'enraciner par habitude. Nous n'en voyons que des plaintes dans nos livres modernes, que des vœux pour quelque heureux changement, pour quelque effort généreux, qui rétablisse la pureté des anciennes maximes.

« Mais cela était réservé sans doute à ce grand exemple qui découvre l'erreur du congrès et qui en fait valoir toutes les mauvaises conséquences. On attendait que l'infidélité d'une femme, sa hardiesse, sa corruption, ses artifices eussent paru, et que l'on connût par là que ce qui passe pour un acte de justice est un moyen assuré de rompre les liens des plus véritables mariages ; il fallait ce scandale pour donner lieu à la loi.

« Ne laissez pas, messieurs, s'écria-t-il en terminant, échapper l'occasion qui se présente à vous d'abolir pour toujours l'épreuve inutile et infâme du congrès.

« Servez-vous de cette cause pour faire cesser un si effroyable désordre et pour retenir les femmes dans le devoir. Faites-leur tomber des mains ces armes dangereuses dont elles font la guerre à leurs maris ; ce bouclier fatal qu'elles n'ont qu'à leur présenter pour en faire des corps inanimés, et s'en moquer ensuite avec la dernière licence.

« Cet exemple, que le public vous demande, ne se peut donner plus à propos que dans le jugement de cette contestation ; la vérité n'y est point difficile à découvrir, il ne faut pour cela que consulter sa pensée. »

Le hasard seul nous a permis de reproduire les quelques fragments qui précèdent de la plaidoirie de Mᶜ Pageau, mais rien ne nous a été conservé de celles des autres avocats, Mᵉˢ Blondeau, Chardon et Nouet, si ce n'est la courte et incomplète analyse qu'en ont donnée les auteurs du *Journal du Palais* de 1677.

Le vœu de Mᵉ Pageau, pour l'abolition du congrès, reproduit

dans le réquisitoire de l'organe du ministère public, mais avec plus d'autorité dans la bouche de l'avocat-général que dans celle de l'avocat d'une partie, fut sanctionné par le Parlement. Le 18 février 1677, le Premier Président prononça un arrêt « qui déclara le marquis de Langey non recevable dans ses demandes, mais qui, faisant droit sur les conclusions du procureur général du Roy, fit défense à tout juge, même *aux officiaux*, d'ordonner à l'avenir l'épreuve du congrès, et ordonna que le présent arrêt serait envoyé aux bailliages, sénéchaussées et officialités du ressort, pour y être lu, publié et enregistré (1).

Ainsi tomba devant la sagesse du Parlement, après plus d'un siècle d'existence, et pour ne plus se relever, l'épreuve du congrès.

Le Président Guillaume de Lamoignon mourait quelques mois après, dans sa soixantième année, mais il avait eu la gloire d'attacher le nom des Lamoignon à un arrêt resté célèbre, qui purifia les registres des corps judiciaires, effaça les souillures d'une honteuse épreuve, trop longtemps ordonnée, et vengea la morale publique outragée.

---

(1) Cet arrêt est rapporté à sa date au *Journal du Palais*, avec cette indication : S'il est à propos d'ordonner le congrès dans les accusations d'impuissance.

Les rédacteurs du *Journal du Palais* avaient, — leur analyse le prouve, — entendu ou lu le plaidoyer de Mᵉ Pageau, mais le manuscrit de l'avocat était resté *inédit*.

Il fut trouvé, au mois d'août 1841, par un intelligent et infatigable chercheur de manuscrits et d'autographes, M. le conseiller de Monmerqué, dans la boutique d'un vieux bouquiniste que tous les amateurs du temps ont connu, le père Tabary.

De M. de Monmerqué le plaidoyer Pageau passa entre les mains de M. Gillet, conseiller à la Cour de cassation ; après la mort de ce dernier, et à la vente de sa bibliothèque, il fut acheté par l'un de mes confrères qui voulut bien en enrichir ma collection.

C'est un petit volume in-4° de 81 feuillets, d'une belle écriture, avec d'assez nombreuses corrections de la main de Mᵉ Pageau.

Imprimeries réunies C, rue du Four, 54 bis. Paris. — 3766

Imprimeries réunies **C**, rue du Four, 54 bis. Paris. — 3766

Imprimeries réunies **G**, rue du Four, 54 bis. Paris. — 3766